よるのくに

福田恒昭

思潮社

よるのくに

福田恒昭

思潮社

目次

装幀＝思潮社装幀室

よるのくに

シャングリラ

ねえ、すてきだったねえ。あのパーティー。
おぞましいものたちがたくさんいた。
ピエロが話しかけてきたよね。
声なくてパクパクと大きな赤い口だけが印象的だった。
私をあなただと勘違いしてるからおかしくて、
「ユウジはここにはいないよ」と言ったよね。
でもすぐにあなたが私になった。
あなたは私のふりをして、

そしたらピエロがそれとなくあなたを悪く言うからたまらなくなって、
くすくす笑い出した。
あなたはパーティーを抜け出して、
庭からおぞましいものたちの宴を眺めていた。
私があなたであなたが私で、
でももしかしたら、
そんな区別なんてどうでもいいのかもしれない。
いつかあのおぞましいものたちの一人になるんだ。
そう、だから特別だなんて思うのはやめよう。
そう言って、
恋を語り合うようにいつもの会話、じゃなくて独り言、を繰り返したよね。
だけど、ゆっくりと薄れていった。

やがて、あなたも私もいなくなって、
そしていつか、おぞましいものの一部となった。
ときどきこうして思い出すんだ。
私が私だったことを。
私があなただったことを。

きろえちゃんへ

きろえちゃん
ってへんな名前だね。
ぼくがつけた。
ほんとうの名前なんて、
すてちゃいなよ。
それでぼくとともに
きろえちゃんとして生きるのさ。

あるいは。
だれか
であることなんてやめて
なんだかわからないこの世に目覚めた一部として
知覚しあおうぜちくびちちくりあおうぜ。

ぼくはきろえちゃんの隣のクラスの者ですはじめまして。
だけど
きろえちゃんデータは日々膨張し
きみのたいていのことは知っているのだ。
たとえばトイレには必ずひとりで行くこと。
それも必ず2時間目のあとと5時間目のあとで。
必ず、か・な・ら・ず・ですよ！

きろえちゃんの法則
ふたつめは、
黄色いものをかならず身につけていること。みっつめは、
けっしてぼくを見ないこと。
はずかしがりや!
ぼくのきろえちゃん。

きみの見るもの、聞くもの、それらをすべて
知りたいんだ。だから
現在ぼくのハイテク技術総動員中。
もうすぐぼくときみの知覚はシンクロして
ぼくはきろえちゃんになるから、
すなわちきろえちゃんはぼくになるんだよ。

このまえの日曜も
きみの家に行ったよ。
夕焼けで内臓色に染まったきみの住む町をあるきながら
ここはすでに　きみの中なのでは？
という気がして
メロンパン屋のお兄さんに
ほほえみかけてみたよ。
あれはきみのメロンパン屋のお兄さんだったかい？
メロンパン、とてもおいしかったよ。
きろえちゃんの味がした。

つぎの日曜には
かならず家にいてね。
おかまいなく、もう合い鍵も準備した。

たしかお父さんもお母さんも
留守だよね。
ふたりだけの宇宙のはじまりだよ。
ビッグバンだよちくびっぐりばばんばんだよ!
じゃあまた。
返事はいらない。きみの心はおみとおしだから。

きみの一部　きろお　より

地上の愛

若い恋人が、言うのである。
「私と結婚したいって言ってくれてる人、
いるんだ」
問題は、その彼を
好きかどうかではないのか。

「すごく好きなわけじゃないよ。
でも、私のこと大事にしてくれそうだし
……それでもいいのかなって。
お金持ちだし」

たしかに、金は重要かもしれないが……。

「彼？　かっこよくないよ。
太ってるし。変態だし。
でも、性格はいいよ。
友達みんな、結婚しちゃえばいいじゃんって
すすめてくれるし」

変態？

変態と、結婚するというのか。
それは……興味深い。

「その彼の部屋でパーティーが開かれたりするんだけど、
すごく広くておしゃれだし、
一人暮らしだしねー。
クローゼットにね、ずらっとコスプレ衣装が用意されてて、
女の子たちみんなそれに着替えさせられるの」

当然、彼女も着替えたということか。
私の前ではしてくれなかった
サービスである。

「私？　スチュワーデス。見たいー？

でね、私、前から気に入られてて、
『好きだよ、まりちゃん、
ぼくの憧れの人だ』って。
彼の寝室に拉致られちゃったりするの。
みんな？　いるよ。
でも笑って見てるの。ひどいでしょ。
寝室に連れていかれて、
『まりちゃん、大胆すぎるよ、そ、そんなふうにしたら、
すぐにイッちゃうよっ、あ、あっ……』とかって、
みんなに聞こえるように言うんだけど、
実際には何もしないの」

彼は、本気で結婚を望んでいるのだろうか。

「わかんない。だって、どこまでが冗談か、
わからない人だし。たとえばね、
夜、電話をかけてきて、
『今から、まりちゃんのことを想って一人でするから』って。
そんな報告されても…って感じでしょ？」

変態を演じることで永遠の愛を成就させる、
そんな彼に、私はひそかな敵愾心を抱いているのである。

葬儀

道路が川のようになっていて、
人々が服をきたままでそこに入っていく。
ゆるやかに流れる川のなかをみんなで歩く。
すぎゆく街の美しさを味わう。
一緒に歩きながらひとりの女性がうたいだす。これも儀式のひとつ。
街をひとめぐりしたあとで
遺体をのせた舟に火がつけられる。

そのまわりをみんなでめぐる。
水面に映る炎がとてもきれいだ。

梢から落ちたいっぴきのカナブンが
水ぎわで羽を広げると
人々の輪のなかをくぐり抜け
青空へと飛び去っていく。

そこにいない私
死者である私だけが
それを見ている。

トモダチの輪

ミュがいじめられているのを
うちらはざまみろと見ていた。
最近のミュはちょうし乗ってた。
うちらが席をとってお昼を食べずに待っていたのに
ヒロたちと売店に行っていつまでも帰ってこなくて、
あげくにヒロたちと一緒に食べるって。
学校から帰る途中できゅうに殺意におそわれて、
初めて入るちっちゃな神社で呪いの祈りをしてしまったくらい。

レブヒートというカクテルを、なんだか薄暗いお店でヤマちんが飲ませてくれて、わたしはぐでんぐでんに酔ってしまった。ミユがいじめられてざまみろという話をしたら、おまえさいてーだろとニヤニヤして言うから、わたしもにやにやしてサイテーだよ。常日頃の呪いが通じてよかったよ、とこたえたんだ。でも夏休み明けにミユから、ヤマちんがヒロにミユをゆるしてやってほしいと頼んでくれたと聞いて、おどろいてしまった。そのうえ、それ以来ミユはヤマちんにときどきやらせてるって。遊びでもいいからって。

白い雪のうえに、白い服着た女たちが裸足のままで、輪になってる。そろりそろりと足を運びながら、ときおり中心にいる裸の女をムチで打つ。そのたび、女のあんという声がこもったようにひびく。いつかみんないなくなって、ひとり残された女の裸はミミズ腫れだらけで、だけどそれがすごくエロいんだ。うちはそのなかにはいなくって、それなのにうちの足跡が、いつまでもいつまでも消えないまま雪の上に残っているのを想像する。雪は永遠に降り続き、それでも足跡は消えないのだ。

次の朝、空は遠くまで透き通り、うちらのタマシイの中をすうすうと風が通っていった。もう秋だ。

小山靖代

仮のやどだと思って
はいりこんだその女の部屋に
もう半年も居ついてしまい
俺がいてもかまわず他の男に電話をかけて
あまえた声を出しているのを見て
それでもなにも思わない俺はすでに終ってるなと
確信しながらしかし手元のニンテンドーに夢中になること以外
俺にやるべきことはないわけなのだが
ふと男の義務としてここはしっとをすべきなのでないかと

考えたけれどもしっとのしかたがわからないから
電話する女の後ろから乳房をさわってやったら
振り向きもせずにじゃけんに肘で押し返されて
そのまま床に転がり
点滅するニンテンドーの画面をじっとみている

――夕暮れどき中学校の裏玄関で
告白してきた小山靖代に
おまえはおれの何がわかって好きなんだと
きいてみたら
困った顔をしてごめんと言って去っていったのを
思い出した　俺のことが好きだなんて
あんなかしこい子がどうして間違えちゃうかね
だけどあいたいなあ小山靖代

学級会

しずかに　してください
いまから　佐藤くんについて　話し合います
ボケ　死ね　クソ
とか言ったりい　へんな顔をしたりい　します
佐藤くん　どうしてそんなことするんですか
わかりません　ボケ

先生　佐藤くんが　いま　ボケ　といいました
わたしには聞こえませんでしたよ
佐藤くん　いうなら　大きな声でいいなよ
ボケ　クソ　死ね
佐藤くん　ちょっとこっちきなさい
みんなはちょっと話し合っててね
みなさん　ボケ　座って下さい　死ね
先生　どうしたんですか
佐藤くんの　癖が　クソ　うつりました

佐藤くんの　言葉は　チックと　ボケ　いって
先生　へんですよ　ボケ　死ね
ヒロトくん　クソ　変だ　死ね

ラブラブラブ

ある日恋人と電話で話していると
頭の中から　何かがでてきた
耳くそかと思ったけどその瞬間
恋人のことが何で好きなのか
分からなくなっていた
床に落ちた直径5ミリほどの灰褐色の玉を
猫が食べてしまった

その週末に恋人と待ち合わせて
電車にのって相撲を見に行った
大関どうしの立ち合いのさいちゅう恋人に
なんでここにいるのか分からなくなったから帰る
と告げた

川沿いの遊歩道を歩きながら
すれ違う人たちを次々に川に突き落とした
十人を越えたくらいで後ろから
ずぶぬれの男に突き落とされた

ゆらゆらと川面を漂いながら
今ではとても遠くなってしまった
恋人のことを思った

ぼくが死んだら
代わりにミースケ（猫の名前）を育ててくれるだろうか

気づくと夕焼けの空がとても美しくて
恋人と猫と
そしてずぶぬれで川岸からぼくを見ている人々がいとおしくて
ぼくは急いでみんなを抱きしめるためにクロールで川岸に向かった

さいごの日記

死ぬことに決めた日の五日前
いまさら日記をつけることにしました。
これがそうです。
日記は苦手なのですが、今なら死ぬまでつけられそうです。

死ぬことに決めた日の四日前。
今日はひさしぶりに布団を干しました。
ベランダから瓦屋根の連なりを遠くまで見ながら

この街ともお別れだなと思いました。

死ぬことに決めた日の三日前
サユリと一緒に眠りました。
最後の性交ということで気合いが入っていましたから
三度もしてしまいました。幸せでした。

死ぬことに決めた日の二日前
散歩のとちゅうで立ち止まり、どこかから流れくるピアノの音を聴いたりしました。
じつは何をしたらいいのか分からないから、映画『生きる』をまねて
夜の公園でブランコを揺らしてみました。

死ぬことに決めた日の前日
少しだけ逃げたくなりました。
なんだか体が生きることを求めているような
遠くでだれかがぼくを待っているような

死ぬことに決めた当日の朝
すがすがしい朝です。
わけが分からないながらもいい人生でした。
腹八分目といいますから、欲張らずに逝くことにします。

リナ先生の「恋する☆アフォリズム」

1　簡単な恋をもとめちゃダメ。苦しい恋を、楽しむのよ。

2　出会いがない？　自分がイケてない？　そんなのくそくらえ。わたしは、自分の意志で恋をする。

3　恋をするために、自分を空っぽのコップにするの。すべての美しいものを受け入れるコップに。

4　誘惑の極意は自信！　根拠なんていらない。信じれば、それが価値！

5　声をかける前にセリフを考えてはダメ。相手を感じて、自分の中から出てくる言葉。それが唯一の正解。心を空にして、形のないものに、なるの。

6　セックスについて、何よりもよく学びなさい。学ぶとは、今の自分を捨て去ること。自分にないあらゆる可能性を知ること。そしてセックスの最中も、あなた自身を捨てなさい。あなたが相手そのものになってしまうのよ。

7　失恋は、ダメなあなたを認める勇気さえあれば、いつでも新たな出発になる！　ファイト☆

詩伝書

ひとりの少年が盗みをはたらき
おなじ少年が詩を書いた

少年は　おとなになって
詩の書き方をひとに教えはしなかったが
盗みのしかたは　年下の少年に伝授した

電車の吊革につかまりながら

師匠である青年は　ときどき遠くをみて
ぶつぶつと　口のなかで言葉をころがした

弟子である少年は　いつも
盗みのサインを待ちながら
青年の横顔を盗み見た

青年はときに
ノートに向かい何かを書いていたが
少年にはただ
日々の記録だと言った
少年が覗き込むと
暗号で書いてあると説明した

青年が強盗殺人の罪で
懲役刑に処せられたころ少年は
青年の弟子であり　かつ恋人であった

刑務所からは毎週　検閲を通り抜けた
手紙が届いた
「詩の心得その一」から始まったその手紙を少年は
盗みの教えとして読み込んだ

詩の敵は
常識であり　人情である
常識と人情が真実を覆い尽くす
詩は　非人間的でなければならず

なおかつ　人間をよく知らねばならない
人間とは　すなわち自分であり
自分を知れば　すべての人間を知ることになる

ただ　その瞬間をまて　そして　全身のすべてを
それと一致させるのだ
それに遅れてはいけない
それに先んじてもいけない
自分がそれ自体にならねばならない

青年が刑務所を出てきたとき
少年はもう少年ではなかった
喫茶店で恋人ができたことを伝えると
青年はうっすらと笑みを浮かべ

彼に一枚の紙を渡した
彼はいまでもその紙を読み返す
ことばはただ　ことばにすぎないけれど

すっぱい夏

すっぱいものを
ぼくらは好んだ

夏の初め
甘夏を裂きながら
かれが　詩を　口ずさむ
ぼくはたぶん　ほほ笑みをうかべて
山のむこうの空をながめていた

その夏もぼくは　おばあちゃんちで過ごした
帰ってくると　かれは少しだけ
ちがうひとになっていた

甘夏の　すっぱい　夏
かれの口ずさんだ　ちいさな詩
リノリウムの廊下をあるく
おとなになったぼくの
かたい靴音

カミガミの来訪

ユダヤ教の安息日のことをよくは知らないのだが、それに倣うつもりで、毎月さいごの休日を「ぐうたらの日」とし、本もテレビも新聞も、インターネットはもちろん、どんな電子機器にも触れてはならず、車はもちろん、いかなる交通機関も利用してはならず、なるべく歩いてはならず、貨幣もことばも使ってはいけないという規則を設けてしばらくになる。

ある雨のそぼふる秋の午後、「ぐうたらの日」を過ごしていた。

ソファに横たわり、ベランダの片隅に揺れるクモの巣をみながら、雨音をしばらく聴いていると、雨音のベールの向こうに、新たな雨音が聞こえ、その向こうにつぎつぎと現れる雨音のベールを透かして、誰かが息をひそめているけはいがする。

幾人もの人間らしきものが、自分の足もとを見ながら雨の向こうに佇んでいる。おんぼろのレインコートを来た男や女が垢のにおいをさせながら、雨にたたかれる叢のなか、体をかすかに揺すり、低い声でぶつぶつと何かを唱えている。やがてそれらがカミというものだと気づく。

がさがさという音が近づいてくる。リビングのガラス窓をたたく。次々とレインコート姿のカミガミが現れて、ガラス窓をたたく。雨音が大きくなる。

町

心の中に町を建設することを趣味とするものたちはサークルを作って作品を品評し合うことはできないから、みんないつも孤独である。

彼女もそのひとりだ。

仕事から帰って入浴と夕食をすませるとカップに温かいお茶を入れいつものソファに横たわる。

丁寧に細部を重ね　少しずつ自分だけの町を作り上げていく。

町には自分以外の住人はいない。

だれもいない住宅地。
だれもいないスーパーマーケット。
孤独であるための儀式なのだから当然だ。
町の境界があいまいであることを嫌い
彼女は町の周囲に掘割をめぐらせた。
ただし　町の北には神社とそれを囲う
うっそうとした森があり
そこは彼女の支配の外だ。
だから彼女にとって　森は畏怖の対象であり
同時に魅惑であった。

ところで彼女は
僕が心の中につくりあげた町に
たったひとり住んでいる人物である。

心につくりあげた町に住む女
そしてそれを心の中に住まわせている僕。
もちろん彼女は僕自身なのであり
だから僕は変わらず孤独である。

仕事中　ふとした瞬間　彼女のことを考える。
彼女の住む町のことを。
僕のこまめな手入れによって
その町と
彼女の平穏な暮らしが保たれるのだから。

ある忙しい六月のこと
僕は町の世話をおこたった。
ゆがみゆく町。

誰もいないはずの町に
誰かが潜んでいる。そんな気配。
ゆがんだ彼女の部屋。
彼女の着たシンプルなスカートにできた糸のほつれ。

不穏な風が吹き始める。
森から何かがやってくる。
スーパーマーケットの駐車場をよこぎる黒い影。
想像してはいけない。
想像すれば　それは真実になってしまう。
そう分かっているけれど
彼女は想像してしまうだろう。
もっとも恐ろしいものを。
うす闇のなか　彼女は部屋のソファに横たわり

恐怖と期待に眼を輝かせている。
カップに注がれたお茶が
なぜかかすかに揺れている。

蝶を夢む

——朔太郎を偲んで

森のひらけたその場所にだけ　陽が射して
ただよふ水　浮かぶ死体　ゆつくりと回転し

白い肌を　ひかり斑《まだ》らに　うつろふ

あれはわたし
水のやうにかたちのない　言はばあれは　わたしだ
では　この光景を見てゐるのは　だれか

虫たち　鳥たち　獣たち　木々の葉と
土にうごめく幾億の　いのち
そしてそれも　わたし
一匹の蝶が舞い降りて
死体にとまる

一つの蝶の　これは夢なのだ
つめたい屍蝋《しろう》に　口吻《こうふん》を寄せ
甘い　ときを吸ひつくす

森のうつろを　ただよふ死体
わたしを見つめる　幾億のいのち

遠くで　幼子のわたしが泣いてゐる

水の娘

これはある異国の町を訪れたときに日本語のうまい絨毯売りが教えてくれた話である。

町の西側に丘があり、そこには小さな城が建っている。町の南側の有名な城とは違い、ガイドブックにも載ってはいないが、心惹かれる趣きがあって、できればいつか訪れて城の由来を聞いてみたい、そう思っていた。

城について尋ねるぼくに絨毯売りは、声の調子をそれまでとは変えて、あそこは観光地ではないと素っ気ない口調で言った。ぼくのしつこい追及に絨毯売りが語った話――。

その城には年老いた貴族が住んでいる。そうとうの変わり者で、歳の離れた妻を亡くしてからは誰とも付き合うことなく、老いた執事とともに孤独な生活を送っている。しかし噂では彼にはひとりの若い娘がいて、誰にも会わせることなく、塔の中に閉じ込めているのだという。

城の敷地に入り込むと、塔からは水音が聞こえてくることがある。それは塔の天辺の回廊に満たされた水がたてる音であり、閉じ込められた娘にとっては、そこで泳ぐことが唯一の運動なのだと、途中から少し悪戯めいた表情を浮かべ、絨毯売りは語った。

ときおりぼくは想像する
異国の町を見下ろす石造りの塔のなか
回廊の窓から見える青い空
窓枠からあふれるほどにたたえられた
透明な水が揺れて
石造りの壁に
細かな光を反射させる
痩身の肌に感じる水の冷たさを
確かめるように
ゆっくりと水を掻く
町からの遠い喧騒に混じる
澄んだ水音を聞きながら
静かに泳ぐ娘を思い

ぼくは混沌の
眠りに落ちる

森のプール

〈泳ぐ子と静かな親の森のプール〉

森には森のプールがある
空には空のプールがあって
夜には夜のプールがある

森のプールを囲んで　たたずむ親たち
泳ぐ　子どもたち

ららり　らら
歌声が　森に響く
あえぎ、おぼれ、沈む　子どもたち
じっと見つめる親たち
何度も、何度も　繰り返される

空のプールの下　うつむく親たち
夕餉に箸を伸ばす
雲は　しぼり、きれ、ひろがり
夕闇の落ちた町のむこうで
まだ　はなやいでいる　空を
泳ぐ　子どもたち
ららり　らら
歌声が　空に響く

夜のプールは　にごり　混乱している
得体の知れない　深海の魚や
血塗れの何かが　ときどき顔を覗かせる
枕の上で　何度も反転しながら
人は　森のプールを　思う
生まれなかった　子ども
自分がそれであったかも　しれないものを
ららり　らら
歌声が　夜に響く

＊「泳ぐ子と静かな親の森のプール」……金子兜太の句

黒い川の流れのなかで

ある夜のこと
ぼくは車を運転して
北利根川にかかる
橋を渡った
黒く巨大な水のかたまりが
ゆっくりと移動していた

ぼくはとつぜん

黒く大きなうごめく水に
飲み込まれた
車も靴も仕事も家庭も
みんな黒い水の中
たくさんの物と生き物と
それぞれの時間が
縦になり横になり
逆さまになって流されていく
死んだおばあちゃんが
川の岸辺にしゃがんで
祈っている

花火だ
打ち上げ花火が

夜空を染めて
仕掛け花火は
光の滝となりながら
黒い水の中を照らし出す
ぼくらのすべては溶けあって
たがいに少しずつ混じり合い
赤く青く
黄色い光に染められる

（昔ぼくはこの橋を
通りかかったことがある
恋人から別れを告げられた後で
自宅に帰る途中ぼくは
花火大会の渋滞に巻き込まれ

のろのろと進む車の列から
北利根川の水面を彩る
仕掛け花火を見ていた）

あのときの花火の下を
今ぼくは流されていく
すべては夢のようだ
彼女も同じこの川を
やはり溶けあいながら
流れているに違いない
北利根川の黒い水の中
彼女と僕の瞬間が
仕掛け花火に照らされて
浮かび上がり

そして再び
消えていく

鳥のゆめ

真っ白な紙を前にして
最初の一画をためらう
直後　大きな鳥の影が
紙の上を横切る
あまりにゆっくりと
それは
夢のなかの
暗い空から飛んできて

まだ書かれていない
ぼくのことばを
食べてしまった

あとには
白い紙のうえに
うすみどり色の　ふん

ぼくの世界からは
何かひとつ　ことばが欠けてしまって
だけど
妙にすがすがしい
ただそのままの　秋

世界とたたかうぼくの物語

堤くんが死んだ。
正月に帰省したぼくに母が伝えた。

これはあくまで
世界とたたかうぼくの物語である
こっけいに　しかし真摯にたたかう
ぼくについての

堤くんはいつもひとりだった。
小学生のぼくたちは
堤くんちの屋根のうえに石を投げ
さびたトタン屋根には
いつかたくさんの石ころが積み重なった。

世界はぼくの敵だった
心とはほんとうの心とは
ここにあるこれのことだけだと
そう思わずにはいられない

堤くんは国立大学を中退すると
イラン人の男友だちとともに姿を消した。
それ以外に友だちはいなかったと

実家の母が教えてくれた。

ぼくには、愛が与えられた
世界を愛する入り口として
ぼくははじめて世界を理解した
世界と溶けあうことの恍惚を

五年後
ふらりと実家に現れた堤くんは
いつもうっすらと笑みを浮かべるだけで
両親ともほとんど言葉を交わさずに
しばらく部屋に閉じこもっていた。

この心以外に心があるという

幻想はしかし
にがい快楽のための詭弁にすぎないと
ほんとうは分かっていたのに

工場に勤めはじめた堤くんは実家から
二十キロの距離を自転車で通った。
車の行き来の激しいほそい国道を
いまにも倒れそうなようすでゆっくりと
走っていたと、母による目撃談。

ぼくのなかには恐ろしいものがいる
抑制することよりもむしろ
解き放つことを夢想する
ぼくにとって世界は敵であり

しかも甘美な誘惑である

残された堤くんの部屋には
むずかしい本がたくさん
積み重なっていたという。
ノートには細かすぎる字でびっしりと
日記がつけられていたという。

世界はぼくの敵だった
ぼくが誰かにとっての世界
であるはずがない
心はこのひとつのはずだった
ほんとうの心が他にもあるはずが
なかった

小学生のぼくが堤くんに近づいて
何も言うことはできないけれど
通学路をとぼとぼと
ただ隣りを歩くことで
ぼくもまた世界とたたかっているのだと
言い訳のように伝えることを
何度も何度も想像する。

これは、世界とたたかう
ぼくの物語である
こっけいに　しかし真摯にたたかう
ぼくについての

葬儀の日は雨が降っていて
堤くんちの庭はひどくぬかるんでいた。
ぼくは靴底についた泥をティッシュでぬぐい
それを垣根のなかに突っ込むと
傘をたたんで車にのりこんだ。

自転車旅行主義

出発地は
幼い頃のぼくの家
父はまだ生きている
ぐいとペダルをこぎ出すと
なぜかゆがんだ青い空

あの道を右に曲がって
見慣れない路地を縫っていく

店先に座るおばさんの
人生だとか
食器の触れ合う音
だとか
ここがここであることの
必然性をかすめて過ぎる

戦争が始まった
中庭の陽だまりで
ひとりの兵士が死んでいる
ぼくは片足を地面につけて
死体にあいた大きな空虚を
ぼんやり見ている
遠くで恐竜のように

戦争が吠える声がする

山道を自転車押して歩きながら
寂しさの源は
生きていることにあり
と思う
木漏れ日をちらちら受けて
むこうから
ひとりの女が歩いてくる
このひとも寂しい
と思うけど
視線合わせないように通り過ぎる

長くて大きな坂道を

両足上げて
すべり降りる
流れてゆく
街の景色が
ぜんぶぼくに吸い込まれる

この古い街で
きみからの手紙を受け取った
たしかにぼくは
きみの一部であるけれど
こちらの世界でこれからも
自転車旅行を続けるつもり
すべてがぼくであるような
この懐かしい世界で

兄弟

もしかしたら
ぼくには遠くに兄弟がいて、
ぼくとは少しもかかわりのない人生を
生きているんじゃないのか。

近くにはゆたゆたと黒い河が流れていて、
兄弟は
赤く目を充血させた産婆によって

取り上げられる。

ぼくとは一生かかわることのない
ひとりの少女に恋をして
夕暮れの空の向こうを
二階の窓から眺めたりする。

じっと沈み込み
心の中をのぞき込むとき、
あるいは夢の
その奥で
ぼくらはかすかに共鳴する。

兄弟のかすかな鼓動を

どこか遠くに
聞くことがある。

福田恒昭（ふくだ・つねあき）
九七〇年茨城県生まれ
詩誌「GATE」同人
本書が第一詩集

よるのくに

著　者　福《ふく》田《だ》恒《つね》昭《あき》
発行者　小田久郎
発行所　株式会社思潮社
〒一六二―〇八四二　東京都新宿区市谷砂土原町三―十五
電話〇三（三二六七）八一五三（営業）・八一四一（編集）
ＦＡＸ〇三（三二六七）八一四二
印刷所　創栄図書印刷株式会社
発行日　二〇二〇年四月十五日